Obra de Gabriel García Márquez
1961

El coronel no tiene quien le escriba

加西亚·马尔克斯 著
陶玉平 译

没有人给他写信的上校

南海出版公司

新经典文化股份有限公司
www.readinglife.com
出　品

没有人给他写信的上校

上校打开咖啡罐，发现罐里只剩下一小勺咖啡了。他从炉子上端下锅来，把里面的水往地上泼去一半，然后用小刀把罐里最后一点儿混着铁锈的咖啡末刮进锅里。

上校一副自信而又充满天真期待的神态，坐在陶炉跟前等待咖啡开锅，他觉得肚子里好像长出了许多有毒的蘑菇和百合。已是十月。他已经度过了太多这样的清晨，可对他来说，这天的清晨还是一样难挨。自上次内战结束以来过了五十六年了，上校唯一做过的事情就是等待，而等到的东西屈指可数，十月算是其中之一。

妻子见上校端着咖啡走进卧室，便撩起了蚊帐。昨天夜里，她的哮喘病又发作了，人到现在还昏昏沉沉的。她勉强坐起身，接过了咖啡。

“你的呢？”她问道。

“我喝过了，”上校撒了个谎，“刚还剩一大勺呢！”

这时，镇子上响起了一阵阵丧钟声，上校早已把今天要出殡这事忘到脑后去了。妻子喝咖啡的时候，他摘下吊床的一头，卷到门后的另一头上去。女人想起了那个过世的人。

“他是一九二二年生的，”她说，“四月七号，正好比咱们的孩子小一个月。”

她艰难地喘着气，在喘息稍定的间歇里喝一口咖啡。这老太太简直就是由几块白色软骨构成的，靠一根僵硬、弯曲的脊柱勉力支撑；呼吸困难使得她问话的口气就像在陈述事实。直到喝完咖啡，她还在想那个死去的人。

“十月份下葬一定很可怕。”她说。可是上校没留神听她说话。他打开窗子。十月已经来到了这所小院。草木葱茏，地面上到处是蚯蚓拱起的小土堆，看着这些，上校的肠道又一次感到，十月这个不祥的月份真的来临了。

“我的骨头都返潮了！”他说。

“冬天了嘛，”妻子应道，“打一开始下雨我就跟你讲，睡觉的时候要把袜子穿上。”

“已经一个星期了，我一直穿着袜子睡觉。”

雨淅淅沥沥地下个不停。上校本打算裹上毯子躺到吊床上去睡个回笼觉，可那破钟一个劲儿地响，终于让他记起了出殡的事。“十月到了。”他咕哝着走到房子中央，这才蓦地想起公鸡还在床腿上拴着。这是一只斗鸡。

把杯子收拾到厨房去之后，上校到堂屋里给那架嵌在雕花木框里的钟上了发条。同那间窄小得让哮喘病人透不过气来的卧房相比，这间堂屋还算宽敞。小桌周围放着四把藤摇椅，桌上铺了台布，上面还摆着一只石膏小猫。钟对面的墙上挂着一幅画，画的是一条满载玫瑰的小船，船上几个小伙子围着一个身披薄纱的女人。

上校给钟上完发条，已经是七点二十分。他把鸡抱进厨房，拴在炉座腿上，给罐子换了水，又在旁边撒了一小把玉米。一群孩子从破栅栏钻了进来，围着鸡坐成一圈，静悄悄地看着它的一举一动。

“别盯着它看，”上校发话了，“总这么看会把鸡看伤的。”

小家伙们就像没听见似的，有一个还掏出口琴吹起了流行曲。“今天不能吹，镇子上办丧事呢！”上校这么一说，那小家伙马上把口琴塞回裤兜，上校这才走进卧室去穿送葬的衣服。

妻子犯了哮喘病，白上衣没熨好，上校只好决定穿那件结婚以后只在特别隆重的场合穿过几次的黑呢外衣。他费了好大事才从箱底翻出了那件用报纸包着、里边还放了防蛀卫生球的衣服。妻子躺在床上，还在想那个死者。

“这会儿他该已经碰见咱们的阿古斯丁了，”妻子说，“他该不会把咱们在阿古斯丁死后的处境告诉他吧！”

“他们这会儿恐怕正在谈论斗鸡的事。”上校说。

他从箱子里翻出一把很大的旧雨伞。这伞是他妻子在他那个党某次筹集经费的政治摸彩中赢得的奖品。那天晚上，他们还看了场露天演出，虽说下了雨，演出并没有中断。上校、妻子和他们当时只有八岁的儿子阿古斯丁，都挤坐在这把伞下坚持看完了最后一幕。可现在，阿古斯丁已不在人世，当年发亮的绸伞面也已被虫蛀得百孔千疮。

“你瞧咱们这把马戏团小丑的伞现在成什么样子了。”上校过去就老这么形容这把伞。他在头顶撑开了那个奇异的金属骨架。“现在只能用它来数天上有多少星星了。”

上校微微一笑，可妻子看也没看一眼那把伞。“凡事都这样，”她低声说道，“咱们还活着，可这把老骨头已经朽了。”她闭上双眼，好更加专注地想那个死者。

上校用手摸索着刮完脸（他们已经很长时间没镜子用了），随后不声不响地穿上衣服。他的裤子像长衬裤一样紧紧地包在腿上，脚踝处绑了个活结，腰间用一条同样质地的布带穿过缝在那里的两个金光闪闪的裤钩系住。他不用腰带。旧马尼拉纸色的衬衣几乎和马尼拉纸一样粗硬，顶端用一颗黄铜扣子扣住。本来假领子也要靠这个扣子固定，可那领子早就破烂不堪，因此上校打消了系领带的念头。

上校郑重其事地做着每个动作，他双手的皮肤光润，紧绷在骨头上，表面像脖子一样长有痣斑。他先把漆皮靴靴缝里的土都弄干净，然后才穿上脚。直到此刻，妻子看见他穿得和结婚当天一样，这才发现丈夫老多了。

“你就像要去办什么大事似的。”妻子说。

“这次的葬礼就是大事，”上校答道，“这么多年了，他是我们这里第一个自然死亡的人。”

九点以后，雨住了。上校正要出门，妻子一把拽住了他的衣袖。

“把头发梳梳。”她说。

他拿起一把牛角梳，竭力想梳平那一头铁灰色的硬发，结果全是枉然。

“我这模样一定跟只鹦鹉差不多。”他说。

妻子上下打量了他一番，觉得还不至于。上校不像鹦鹉，他是个枯瘦的老头，浑身的硬骨头就像是用螺钉螺帽接起来的一样，唯有双眼倒是炯炯有神，看上去才不像是在福尔马林药水里泡着的。

“你这样很好。”妻子赞许地说，待丈夫刚要走出卧室，她又加了一句：

“你问问医生，咱们家可曾得罪过他。”

老夫妻俩住在镇子尽头的一所房子里，棕榈树叶屋顶，石灰墙已开始剥落。空气依然很潮湿，但雨已经停了。上校沿着一条小巷向广场走去，小巷两旁的屋舍一间挤着一间。一上大街，上校不禁浑身一颤：放眼望去，镇子上布满了鲜花，女人们都身着丧服坐在各家门口，等候着送葬的队伍。

上校走到广场时，又下起了蒙蒙细雨。台球厅老板从他的门口看见了上校，举起手打了个招呼：

“等一等，上校，我借把伞给您。”

上校头也不回地答道：

“谢谢，我这样挺好。”

送葬的队伍还没有出发。男人们一律身着白衬衣，系黑领带，打着伞在门口交谈。其中一位看见上校正跳过广场上的一个个水坑。

“上这儿来吧，老兄。”他喊道。

一面在伞下让出了一块地方。

“谢谢，老兄。”上校说。

但他没有接受这番好意，而是径直进屋去向死者的母亲致哀。一进门他先闻到扑鼻的花香，紧接着感觉到一阵热气。上校竭力想在挤作一团的人群中间开出一条道来，可不知是谁用手推着他穿过一副副神情呆滞的面孔，一直来到屋子的尽头，来到死者那大张着的深鼻孔跟前。

死者的母亲正在用一把芭蕉扇驱赶着棺材上的苍蝇，其他几个黑衣女人则呆呆地望着尸体，神情就像人们在看着河里的流水一般。突然，屋子尽头响起了某个声音。上校挤开一个女人，走到死者母亲身旁，把一只手放到她肩上，咬紧了牙关。

“我向您致哀。”他说。

她没有回过头，而是张开嘴发出一声号叫。上校心头一惊，觉得自己被哭成一片的无形人潮推向尸体，他想扶住墙，可是又够不着，那边也挤满了人。一个声音在他耳边轻语：“小心，上校。”他转过头，正好和尸体面对面。但上校已经认不出他来了，他虽已僵硬，看上去却依然生气勃勃，而且似乎和上校一样茫然，他浑身上下都裹着白布，手里还握着一支短号。

等上校在一片痛哭声中抬起头想喘口气时，棺材已经上了盖，正被七高八低地沿着一条摆满鲜花的斜坡向门口抬去，鲜花不时在墙上挤碎。他出了一身汗，关节又疼了起来。过了一会儿，直到雨打湿了他的眼睑，他才发觉自己已经到了街上。有人拉了拉他的胳膊，说：

“快点儿，老兄，我正等您呢。”

这人是堂萨瓦斯，他过世儿子的教父，也是他们那个党唯一一个躲过了政治迫害并能继续住在镇子上的领导人。“谢谢您了，老兄。”上校应了一声，便一言不发地走在伞下。乐队奏起了葬礼进行曲，上校听得出来，这里面少了一支铜号，于是他第一次确信，死者是真的死了。

“可怜的人！”他喃喃地说道。

堂萨瓦斯干咳了一声。他左手打着伞，因为个子比上校矮，他把伞柄举得几乎齐头高。队伍出了广场以后，人们开始说起话来。堂萨瓦斯转向上校，神情忧郁，问道：

“老兄，您那只鸡怎么样了？”

“老样子。”上校答道。

这时传来了一声喊叫：

“你们想把这个死人弄到哪里去？”

上校抬头望去，只见镇长站在警察局的阳台上，摆出一副演讲的架势，身上穿着衬裤和法兰绒上衣，双颊浮肿，胡子也没刮。乐手们停止演奏葬礼进行曲。过了一会儿，上校听见安赫尔神父正高声同镇长交涉。透过伞面上的雨声，上校隐约听出了他们的对话。

“怎么回事？”堂萨瓦斯问道。

“没什么，”上校答道，“说是不许送葬队伍从警察局门口经过。”

“我倒忘了，”堂萨瓦斯大声说，“我总是忘了现在还是戒严时期。”

“可这又不是暴动，”上校说，“不过是死了一个可怜的鼓号手。”

队伍掉了头。走到贫民区时，女人们先是默不作声地咬着指甲目送队伍经过，而后也纷纷走上街头，大声说出颂扬、感激和依依惜别的话，仿佛死者在棺材里都能听见似的。到了墓地，上校觉得不舒服。堂萨瓦斯把他推到墙根给抬灵柩的人们让路，同时微笑着向他转过头去，看见的却是一张痛苦的脸。

“您怎么啦，老兄？”堂萨瓦斯问道。

上校长吁了一口气。

“十月到了，老兄。”

他们顺着原路往回走。雨已经停了。瓦蓝的天空高远深邃。“应该不会再下了。”这么一想，上校觉得舒服了许多，但还是沉浸在冥想之中。堂萨瓦斯的声音打断了他的思绪：

“老兄，找医生看看吧。”

“我没病，”上校说，“只是每到十月我的肠子里就好像有什么小动物在折腾似的。”

堂萨瓦斯“哦”了一声。两人在他家门口分了手。

那是一座两层楼的新房子，窗户上都装着铁栅栏。上校也向自己的家走去，他急着脱下身上的这件礼服。过了一会儿，他又走出家门，在街角小店买了一罐咖啡，还给鸡买了半磅玉米。

星期四，上校本打算在吊床上躺一整天，可还是起来去侍弄那只公鸡。这几天雨下个不停，整整一周，上校的肚子都胀鼓鼓的。一连好几夜，妻子那哨音一般的呼吸声也把他折腾得够呛。到了星期五下午，难得十月里雨竟停了。阿古斯丁过去的伙伴们——他们同阿古斯丁一样，都是裁缝铺的伙计，也都是斗鸡迷——抽空过来把那只鸡检查了一番：情况正常。

家里只剩下上校和妻子的时候，上校回到卧室。妻子的病已经好点儿了。

“他们说什么了？”她问道。

“他们兴高采烈的，”上校告诉她，“都在攒钱，要往这只鸡上下注呢！”

“我真不明白，他们看上这只丑公鸡哪一点了，”妻子说，“我总看它像个怪物：和爪子比，它的头也太小了。”

“都说这是全省最棒的一只公鸡，”上校说，“大概值五十个比索。”

他确信这一点足以证明他留下这只公鸡的决定是正确的。这是他们的儿子九个月前在斗鸡场上因散发秘密传单而被乱枪打死后留下的遗产。“哪有那么值钱，你简直是在说梦话，”妻子说，“我看等这点玉米喂完了，咱们就得用自己的肝来喂它了。”上校这时一面在衣柜里找他那条粗布裤子，一面也在暗自忖度。

“也没几个月了，”他说，“听说斗鸡会在一月份举行，过后咱们准能把它卖个好价钱。”

裤子还没熨。妻子把它摊在炉台上，用两只经炉火加热的铁熨斗熨。

“你这会儿忙着出去有什么事？”妻子问道。

“上邮局去。”

“我都忘了今天是星期五了。”她边说边回到卧室。上校已穿好其他衣服，但还没穿裤子。她打量着上校的鞋。

“这双鞋早该扔了，”她说，“还是穿那双漆皮靴吧！”

上校顿感凄凉。

“那双就像是没爹没妈的孩子穿的一样，”他抗议道，“我每次穿上它们就像刚从收容所里逃出来似的。”

“我们本来就是没儿没女的孤老嘛！”妻子说。

这次还是他给说服了。上校赶在船拉响汽笛前向码头走去。他脚上穿着漆皮靴，白色的裤子上没系腰带，衬衣上也没套假领子，脖颈处用那枚铜扣子扣住。他站在叙利亚人摩西的店前看着船靠岸。乘客们已在船上一动不动地坐了八个钟头，到下船时都疲惫不堪。还是那几个老乘客：几个跑小买卖的，外加几个上星期出去现在又如期返回的镇上居民。

邮船在最后面。上校心事重重地看着它靠岸。他认出了舱顶的邮袋，系在蒸汽管上，盖着油布。十五年的等待使上校的直觉变得越来越敏锐，正如那只公鸡使他日益忐忑不安一样。从邮电局长上船解下邮袋背在背上的那一刻起，上校便目不转睛地盯住了他。

与码头平行的有一条街，那里简直是一座迷宫，到处是陈列着五光十色的货物的店铺和货摊。上校跟在邮电局长身后，沿着这条街走着，和往常一样，他满怀着既期待又害怕的心情。医生正在邮局门口等着取报纸。

“大夫，我妻子让我问问您，我们家可曾得罪过您。”上校对医生说道。

医生很年轻，一头乌亮的鬈发，一副整齐得令人难以置信的牙齿。他倒是挺关心害哮喘病的老太婆。上校一面向他详述病情，一面注视着局长往不同格子里分信的每个动作，他那副懒洋洋的样子真教上校恼火。

医生拿到了信和一卷报纸。他把科普宣传的小报往旁边一放，先粗粗浏览了一遍来信。这时，邮电局长正把信分给来取信的人，上校则瞪大了双眼看着写有他姓氏字母的那一格。一封蓝边的航空信使他更加紧张起来。

医生拆开那卷报纸，先看了看大新闻。上校则目不转睛地盯住他那个格子，盼望局长在它跟前停下来。可他没有。医生放下报纸，看了看上校，又看了看在电报机前坐下来的邮电局长，然后又把目光落到上校身上。

“咱们走吧。”他说。

局长连头都没抬。

“没有给上校的任何东西。”局长说。

上校觉得不好意思。

“我没在等什么，”他撒了个谎，带着天真无邪的神情转向医生，“没人给我写信。”

他们默默地往回走。医生全神贯注地看着报；上校还是那副老样子，走起路来就像一个原路返回寻找丢失钱币的人。这是个明亮的黄昏，广场上的巴旦杏树正抖落最后几片败叶。走到医生的诊所门口时，天已经擦黑了。

“有什么新闻吗？”上校问道。

医生递给他几份报纸。

“天知道！”医生说，“要从通过审查的新闻中看出点名堂谈何容易！”

上校看了看大标题，都是些国际时事。最上面，一篇关于苏伊士运河国有化的评论占去了四栏，而一则讣告几乎占了整个第一版。

“大选是没指望了。”上校说。

“您别太天真了，上校，”医生说，“咱们不是小孩子了，用不着等待救世主了。”

上校正要把报纸还给医生，这位却把手一摆。

“您带回家去看吧，”他说，“您今天晚上看，明天再还我。”

七点刚过，钟楼上鉴定影片的钟声就响了。安赫尔神父根据每月从邮局收到的电影分类表，用这种方法来告知大家他对每部电影的道德鉴定。上校的妻子数了，一共十二响。

“对男女老幼都不合适，”老太婆说，“快一年了，没一部好电影能让大家看的。”

她放下蚊帐，嘴里嘟囔着说：“唉！人世间什么都烂透了。”上校未作任何评论。临睡前，他把鸡拴在床腿上，关上门，又在房间里喷了杀虫剂，然后把灯放在地上，挂好吊床，这才躺下看起报来。

他按日期一份一份、从头到尾地看，连广告也不放过。十一点整，宵禁号响了，上校又看了半个钟头，这才放下报纸，起来打开了院门。屋外夜色深沉，饿蚊成阵。他对着柱子解了手，又回到房里，妻子还没睡着。

“没提到你们这些老兵吗？”她问道。

“没有，”上校说，他熄了灯，爬上吊床，“起先他们至少还把新领退伍金的人员名单登一登，这五年倒好，干脆什么也不说了。”

过了午夜雨又下起来了。上校刚迷糊了一会儿，作怪的肚子又把他从梦中弄醒。他听见屋里有哪儿在漏雨，便用羊毛毯从身子裹到头，试图在黑暗中找到漏雨的地方。一股冷汗顺着他的脊背流了下来。他发烧了，觉得自己像是在一个明胶池里旋转。有人在对他说话，而他躺在革命军的行军床上答着话。

“你在和谁说话？”妻子问他。

“和那个扮成老虎跑进奥雷里亚诺·布恩迪亚上校营地里的英国人呗！”上校答道，他烧得厉害，在吊床上翻了个身，“他是马尔伯勒公爵。”

天亮时他感到浑身都散了架。等到敲第二遍弥撒钟时，他才爬下吊床，回到被那只公鸡的啼叫搅得乱哄哄的现实中来。上校头晕目眩，一阵恶心。他走到院子里，在冬日草木的窸窣和阴湿的气味中向厕所走去。在这个锌皮顶的小木屋里，便坑冒出的尿臊味使人憋闷。上校刚揭开盖板，坑底便嗡地腾起一群三角形的大苍蝇。

是一次假警报。上校蹲在未经抛光的踏板上，体验着无法解除内急的懊恼。压迫感变成了消化道里的阵阵隐痛。“毫无疑问，”他嘟囔着，“每年十月都这样。”于是他再次摆出自信而又充满天真期待的神态，直到肚子不那么疼了，这才又回到房里去照看那只公鸡。

“你昨天夜里烧得说胡话了。”妻子说。

她虽说是生了一个星期的病才刚见好，但已经开始收拾房间了。上校使劲回想着。

“不是发烧，”他撒谎道，“是我又梦见那些蜘蛛网什么的了。”

每次发完病，妻子就显得格外精力旺盛，一上午她把整个屋子都翻了个底朝天。除去那架挂钟和那张仙女画，每一件东西都挪了窝。她是那样单薄而又灵活，当她穿着条绒拖鞋和扣得紧紧的黑外套走来走去的时候，轻盈得仿佛能在墙壁间穿行。不过，正午十二点以前，她就恢复平日的体积和重量了。卧床不起时，她简直就是一片虚空。而这会儿，她正在一盆盆西洋蕨和秋海棠间忙碌着，到处都可以看见她的身影。“要是阿古斯丁还活着，我真想唱支歌呢。”她一面说，一面搅动煮在锅里的热带土地出产的一切可以吃的东西。

“想唱你就唱吧，”上校说，“唱歌能消除烦躁。”

午饭后，老两口正在厨房里喝咖啡，医生来了。他一把推开临街的大门，大声说：

“病人都死光了。”

上校站起身迎了上去。

“一点儿不错，大夫，”说着他走进堂屋，“我早说过，您就像专吃死人肉的兀鹫一样准时。”

妻子走进卧室去为看病作准备，医生和上校留在堂屋。天很热，可医生那件纤尘不染的亚麻外衣却处处透着凉气。女人说她准备好了，这时医生把一个装有三张纸的信封递给上校，临进卧室时他说：“这是昨天报纸上没登的消息。”

上校猜得出这是一份油印的秘密传单，是最近国家大事的概况，关于国内武装抵抗运动的现状。他感到沮丧。看了十年的秘密传单，他始终纳闷为什么这些消息月复一月地愈加耸人听闻。医生回到堂屋时，他已经全看完了。

“这个病人的身体比我还结实，”医生说道，“我要是也得上这么个哮喘病，准能指望活他个一百岁。”

上校阴沉地扫了医生一眼，一言不发地把信封还给他，不料这位却不肯接下。

“传给别人吧。”他压低了声音说。

上校把信封塞进裤兜。妻子从卧室走出来说：“大夫，我要是这两天死了，准把您一块儿拖进地狱里去。”医生没有搭腔，只是龇了龇他那口洁白无瑕的牙齿。他把椅子拖到小桌旁，从小提箱里取出几个贴着免费标签的小瓶。女人从医生身旁经过，朝厨房走去。

“您等一会儿，我给您煮咖啡去。”

“不必了，非常感谢。”医生一面说，一面在处方纸上写下了服药的剂量。“我可不想被您毒死。”

她在厨房里大笑起来。医生写罢处方，深信任谁也看不懂他那龙飞凤舞的笔迹，便朗声念了一遍。上校尽力注意听。妻子从厨房里出来时，又在他脸上看到了他昨夜的那种疲惫。

“天快亮的时候他发烧了，”她指着丈夫说，“说了两个来钟头有关内战的胡话。”

上校吃了一惊。

“我没发烧，”他坚持说，又恢复了常态，“而且，要是哪天我觉得自己不行了，我可不会让自己落到任何人手里。我会自己滚到垃圾箱里去。”

他走进卧室去取报纸。

“多承夸奖了。”医生说。

他们一同向广场走去。空气干燥，炎热的天气使得街上的柏油开始熔化。和医生分手时，上校咬着牙低声问道：

“该付您多少钱，大夫？”

“现在还不用，”医生在他背上拍了拍说，“等您那只鸡斗赢了，一总算账吧！”

上校去了趟裁缝铺，把那封秘密信件传给了阿古斯丁的伙伴们。自从上校党内的老伙伴们一个个被打死的被打死、被赶走的被赶走，而他自己也变成了除去每星期五等等信外再也无事可做的人之后，这儿就成了他唯一的避难所。

午后暖洋洋的天气使女人精神焕发。她坐在过道里的秋海棠间，守着那只旧衣箱，又开始表演她那不用新布料就能缝制新衣的绝技。她把袖子改成领子，又用后背的布做成袖口，再用五颜六色的布头拼成完美的方形补丁。院子里，一只蝉唧唧地叫个不停。太阳西坠，但她没有注意到秋海棠上的落日余晖渐渐暗淡。直到天黑时上校回到家里，她才抬起头来，用手揉了揉脖子，活动活动浑身的筋骨，说：“我脑袋都木了。”

“你那脑袋从来都是木的，”上校说，接着发现妻子浑身披挂着花布片，“你活像只啄木鸟。”

“要给你做件衣服，还真得有半个啄木鸟的本事。”她说着展开了一件用三种颜色的布料拼接起来的衬衣，领子和袖口的颜色倒是相同。“等过狂欢节的时候，你把外套一脱就成了。”

六点的钟声打断了妻子的话。“主派天使告知马利亚。”她一面大声祈祷，一面收拾衣服走进卧室去。上校则同那些放了学跑来看鸡的孩子们聊天，他猛然想起明天就没有玉米喂鸡了，便走进卧室向妻子要钱。

“咱们恐怕只剩五十生太伏了。”她说。

钱被她包在手帕里，打了个结，藏在床垫底下。这是阿古斯丁那台缝纫机换来的钱。九个月来，他们一生太伏一生太伏地花着这笔钱，养活了自己，也养活着那只公鸡。可现在只剩下两枚二十生太伏的和一枚十生太伏的硬币了。

“去买一磅玉米，”妻子吩咐道，“用找的钱买点咖啡明天喝，再买四盎司干酪。”

“再买只纯金的大象，挂在咱家门口。”上校接过话头说，“光是玉米，一磅就得四十二生太伏呢！”

他们沉思了半晌。“鸡只是畜生，可以凑合几天。”妻子先开口说道，可丈夫的脸色使她不得不再考虑。上校坐在床沿，胳膊肘支在膝盖上，把钱在手心里掂得叮当乱响。“这事由不得我啊！”他终于开了口，“要是依我的性子，今天晚上就把它炖了。一顿吃五十比索，吃伤了也是好的。”他顿了一下，拍死了一只叮在脖子上的蚊子，然后看着在屋里转来转去的妻子。

“我担心的是那些可怜的小伙子都在攒钱呢！”

妻子沉思着，在屋里喷了一圈杀虫剂。上校发觉她神思恍惚，仿佛正把家里的鬼祟召集在一起商量。末了，她把喷雾筒搁在有石印版画的小祭台上，栗色的眼睛直视着上校那同样是栗色的眼睛。

“那就买玉米吧，”她说，“上帝知道我们该怎么混下去。”

“这简直是变戏法变出来的面包。”此后的一个星期里，每当老两口坐下来吃饭，上校都要把这句话重复一遍。老太婆施展出缝缝补补、拼拼凑凑的浑身解数，仿佛找到了一种在一无所有的状况下维持生计的诀窍。十月里雨居然多停了几天。潮湿转成闷热。沐浴在古铜色的阳光下，妻子完全缓过劲儿来了。她用了三个下午精心梳洗头发。“大弥撒开始了啊。”第一天下午上校对她说，当时她正用一把宽齿梳把满头长长的青丝梳通。第二天下午，她坐在院子里，膝上搭了条白单子，用篦子把犯病以来头上生的虱子篦了下来。最后，她用薰衣草泡水把头发洗了一遍，晾干后盘成两圈挽在脑后，然后用压发梳别好。上校等待着。晚上，他躺在吊床上一连几个钟头睡不着觉，为公鸡的命运担忧。星期三，小伙子们把它称了称，发现它状况良好。

当天下午，阿古斯丁的伙伴们兴高采烈，料定这只公鸡必胜，当他们一边打着如意算盘一边离去时，上校也觉得心情舒畅。妻子给他理了个发。“你让我年轻了二十岁。”他摸了摸头说。妻子也觉得丈夫说得有理。

“等我病好了，我连死人都能整治活呢！”她说。

可是，她这股乐观劲儿只持续了几个钟头。家里除去挂钟和那幅画以外，再没什么可卖的了。到了星期四晚上，里里外外已经一贫如洗。妻子对眼下的处境显得忧心忡忡。

“别着急，”上校安慰她道，“明天信就来了。”

第二天，上校在医生的诊所门口等汽船。

“飞机这东西真了不起，”上校盯住邮包说，“人家说它一晚上就能飞到欧洲。”

“确实如此。”医生说，用一份画报当扇子扇着。上校在等船靠岸后准备上船的人群中发现了邮电局长。局长第一个跳上船，从船长手里接过一个火漆封口的信封，然后又上到舱顶，邮袋就拴在两只汽油桶中间。

“可它也不是没有危险。”上校说，他突然看不见局长了，幸好随即又在卖冷饮的小车上那些花花绿绿的瓶子中间找到了他，“人类的进步可不是一点代价不付的。”

“现在坐飞机比坐船还保险，”医生说，“两万英尺的高空上，再大的风暴也吹不着它。”

“两万英尺！”上校茫然地重复了一句，他搞不清这个数字究竟意味着多高。

医生更来劲儿了，他用双手把那份画报展平，并使它一动也不动。

“平稳极了。”他说。

可上校正一心挂在邮电局长身上，看着他左手端起杯子，喝干了泛着粉红色泡沫的冷饮，右手提着那个邮袋。

“而且，在海上，还有船一直和夜航的飞机保持联系，”医生接着说，“有这么周到的防备，真比轮船还稳当。”

上校看了他一眼。

“当然，”他附和道，“肯定就像地毯一样平稳。”

局长径直朝他们走来。上校怀着难以克制的焦切心情，不由得退后一步，试图看清那个火漆封口的信封上的收件人姓名。局长打开邮袋，取出一卷报纸交给医生，然后才撕开装有私人信件的大封套，查了查件数，又一封封地念着收件人姓名。医生打开了报纸。

“还在登苏伊士运河的问题，”他看了看大标题说，“西方丢了地盘。”

上校没去看那些标题。他正在全力对付自己那发胀的胃。“自从实行新闻审查以来，报纸上就只谈欧洲了，”他说，“最好欧洲人都到我们这里来，我们都到欧洲去。这样大家就都能知道各自的国家在发生些什么事了。”

“在欧洲人眼里，南美洲就是一个随身带着吉他和左轮手枪的小胡子男人，”医生边看报边笑着说，“这里的问题他们完全不懂。”

局长把医生的信递给他，其余的都塞进邮袋，又把袋子扎紧了。医生正打算看那两封信，但在拆信前先看了上校一眼，然后望向局长。

“没有上校的信吗？”

上校心惊胆战。局长把邮袋往肩头一搭，走下人行道，头也不回地答道：

“没有人写信给上校。”

上校一反直接回家的老习惯，去了裁缝铺喝咖啡，阿古斯丁的伙伴们正在看报。他感到希望落空了。他真想在这里一直待到下星期五，免得两手空空地回去见自己的老伴。可是，裁缝铺打烊的时候，他不得不面对现实了。妻子在等着他。

“没有信？”妻子问道。

“没有。”上校答道。

下星期五他又去等船，回家时又和往常一样没拿到盼望已久的信。“我们等够了，”这天晚上妻子对他说，“像你这样等信，一等就是十五年，真得有一股牛的耐性。”上校却上吊床去看报了。

“得等着挨个来嘛，”他说，“我们是一千八百二十三号。”

“可是从开始等到现在，这个号在彩票上都出现两回了。”妻子反驳道。

上校照例把报纸从第一版看到最后一版，连广告也不放过。但是这一回，他的精神怎么也集中不起来。他眼睛看着报纸，心里想的却是退伍金的事。十九年前国会通过了那条法令，自那以后他为申请得到批准就花了八年，之后又用了六年才把名字登记上去。上校收到的最后一封信就是那时寄来的。

宵禁号响过以后他才看完报。正准备熄灯的时候，他发现妻子还没睡着。

“那份剪报还在吗？”

妻子想了想。

“还在。应该是和别的文件放在一起了。”

她钻出蚊帐，从衣柜里取出一只木盒，里面放着一沓按日期理好的信，束着根橡皮筋。她找见了那则启事，一家律师事务所承诺会很快办妥退伍金事宜。

“我早就跟你说换个律师了，要那样咱们早花上钱了，”妻子说着把剪报递给丈夫，“我可不愿意像印第安人那样，死了之后再把钱带到棺材里去。”

上校看了看那张两年前的剪报，把它放进了挂在门后的衬衣口袋里。

“糟糕的是，换律师得花钱哪！”

“用不着，”妻子斩钉截铁地说，“你写个字据给他们，就说等退伍金发下来，一切开销都从那笔钱里扣。只有这样才能让他们上心。”

就这样，星期六下午，上校去拜访他的律师。这位正懒散地躺在吊床上。他是个身材魁梧的黑人，整个上牙床就只剩下两颗犬齿了。他把脚伸进一双木底拖鞋，打开了办公室里一架自动钢琴上方的窗户。钢琴上落满灰尘,放打孔纸带的地方插着一本本贴有《官报》剪报的旧账簿，以及一套杂乱无章的财会简报。钢琴没了琴键，便充当了写字桌。上校在透露他来访的本意前，先表达了一番自己的担心。

“我早就对您讲过，事情不是一两天就办得成的。”上校停顿时，律师插进来说道。他热得大汗淋漓，使劲往后靠在椅背上，用一份广告小册子扇着凉。

“我的代办人常写信来，说不要灰心。”

“十五年了，总是这一套，”上校反驳说，“这都有点像那只阉鸡的故事了。”

律师绘声绘色地向上校描述了办事之艰难。他那日益松垂的屁股坐在那把椅子上，显得有点儿太挤了。

“十五年前事情还好办些，”他说，“那会儿有个由两党成员组成的全镇退伍老兵协会。”他深深吸进一口热烘烘的空气，然后吐出一句至理名言，那神气就好像这句话是他刚刚发明出来的一样：

“团结就是力量。”

“可在这件事上一点儿力量也没有，”上校说，第一次意识到自己孤立无援，“我的老战友们都在等待信件的过程中死去了。”

律师无动于衷。

“法令通过得太晚了，”他说，“不是所有人都像您那么走运，二十岁就当了上校。此外，当时又有一笔专款没有算进去，这么一来，政府就不得不调整预算了。”

还是那一套老生常谈，每次听他这样说，上校就打心眼儿里反感。“这不是施舍，”他说，“不是他们对我们的恩赐。我们这些人当年为拯救共和国是立过汗马功劳的。”律师把双手一摊。

“没错，上校，”律师说，“可人们总是忘恩负义。”

这样的话上校也听得耳熟了。在签订尼兰迪亚协定的第二天，政府答应给两百名革命军军官发放遣散费和补偿金的时候，他就已经听到这句话了。当时，有一营革命军在尼兰迪亚高大的木棉树下扎营，营中大都是些从学校跑出来的小青年。他们在那里空等了三个月，后来各自想办法回了家，可在家里还是等。快六十年过去了，上校仍然在等待。

想起往事，上校的神情因激动而大变。他把筋骨暴露的右手撑在大腿骨上，低声说：

“那我就要作决定了。”

律师等着下文。

“您的意思是？”

“换律师。”

几只黄毛小鸭跟在一只母鸭身后钻进了办公室，律师站起身往外撵它们。“遵命，上校。”他一面轰鸭子一面说，“一切从命。我要是能创造出奇迹来，就不至于住在这个窝里了。”他用一个木栅栏挡住院门，又坐回到椅子上。

“我儿子干了一辈子的活，”上校说道，“我的房子也已经抵押出去了。可退伍法倒成了律师们的终身补助。”

“对我可不是，”律师反驳道，“在我这儿，每一分钱都花在办手续上了。”

上校自觉失言，心中不安起来。

“我刚才也就是这个意思，”他忙改了口，用衬衣袖子擦了擦额角的汗珠，“天太热了，连脑子里的螺丝都生锈了。”

过了一会儿，律师就开始在办公室里翻箱倒柜地找上校的那份委托书。阳光朝这间陈设简陋、用糙木板搭建的屋子中央移动。各处都找遍了之后，律师趴在地上，气喘吁吁地从自动钢琴底下掏出一卷纸来。

“在这儿呢！”

他把一张盖有印章的纸交给上校。“我还得给我的代办人写封信，让他们注销那边的副本。”他不说话了。上校掸了掸纸上的灰尘，把它塞进了衬衣口袋。

“您自己把它撕掉吧！”律师说。

“不，”上校答道，“这是我二十年的纪念品。”他还在等律师继续找下去，可律师却停下来了。他回到吊床前擦了把汗，从那里透过闪闪发光的空气望向上校。

“那些文件我也要。”上校说道。

“什么文件？”

“申请证明啊！”

律师双手一摊。

“这我可办不到，上校。”

上校警觉起来。他担任革命军马孔多军区司库时，曾牵着一头骡子，驮了满满两箱军款，艰苦跋涉了六天，最后硬是在协定签署前半小时，拖着那头饿得半死不活的骡子赶到了尼兰迪亚兵营。奥雷里亚诺·布恩迪亚上校——当时革命军大西洋沿岸的总军需官——给他开了张收据，把那两箱钱列入了投降上缴的物资清单。

“那些文件的价值是无法估量的，”上校说，“那里头有奥雷里亚诺·布恩迪亚上校亲笔写的一张收据。”

“这我同意，”律师说，“可那些文件经由成千上万间办公室的成千上万双手，早已转到国防部鬼知道哪个部门去了！”

“对这样的文件，任何一位官员都不可能不加注意就放过去。”上校说道。

“可最近这十五年来，官员已经换了好几茬了，”律师又说道，“总统换过七任，每位任内至少改组过十次内阁，而每位部长又至少撤换过一百次属员，您想想这个情况。”

“可谁也不能把那些文件带回家去，”上校说，“每任新官总会在老地方看见它们的。”

律师恼了。

“再说，如果现在把这些文件从部里取出来，就得等下一轮重新登记了。”

“那没关系。”上校说。

“也许得等上几百年。”

“不要紧，这么长时间都等过来了，还在乎这点时间。”

上校往堂屋的小桌上放了一沓横格纸、钢笔、墨水和一张吸墨纸，将房门敞开着，以便有什么事情可以问问妻子。她正在念玫瑰经。

“今天是几号？”

“十月二十七。”

他很用心地写着，执笔的手放在吸墨纸上，脊背挺直，以利呼吸，完全按照上小学时老师教他的那样。堂屋门窗紧闭，实在热得难受。一滴汗水落到信纸上，他用吸墨纸吸干了。后来他想擦掉那些洇开的字，结果搞成了一团墨迹。他没有灰心，而是做了个记号，在边沿补上“本人有权”几个字。最后，他把这一段从头到尾念了一遍。

“我是哪一天登记上的？”

妻子一面继续祈祷，一面略加思索。

“一九四九年八月十二号。”

过了一会儿，下起了雨。上校用他在玛瑙雷公立小学学来的那种孩子气的大字，歪歪扭扭地填满了一页。然后他又写了半页，这才签上了名字。

他把信给妻子念了一遍。每念一句，妻子都点头以示赞同。念完后，上校封好信，熄了灯。

“最好找个人用打字机帮你誊一遍。”

“不用！”上校答道，“我已经厌倦到处求人了。”

整整半个钟头，上校一直在侧耳细听雨打在棕榈叶屋顶上的声音。镇上大雨滂沱。宵禁号响过后，屋里什么地方又开始漏雨了。

“早就该这么办了，”妻子说，“直接打交道总是要好一些。”

“什么时候都不算晚，”上校说，心里记挂着漏雨的事，“等咱们这房子典押到期的时候，或许就会解决了。”

“还有两年。”妻子说。

上校点起灯，去看堂屋什么地方在漏雨。他把喂鸡的罐子放在下面接漏，转身回到卧室，身后响起雨水滴在空罐子里的清脆声响。

“也许为了挣钱，他们一月份之前就能办妥，”上校说，自己竟然也相信了，“到那时阿古斯丁也满周年了，咱们也能去看场电影了。”

妻子低声笑了。“我现在连动画片是什么样子都记不起来了。”她说。上校忍不住想隔着蚊帐看看老伴此时的模样。

“你最后一次看电影是什么时候的事了？”

“一九三一年，”她说，“那次放的是《死者之志》。”

“有打斗吗？”

“谁知道！刚看到那个幽灵要抢姑娘的项链，就下起了倾盆大雨。”

他们在雨声中睡着了。上校肚子又不舒服起来，可他没有害怕。又一个十月就快要熬过去了。他给身上盖了条毯子，有那么一会儿，他还听到了妻子艰难的呼吸声——她已经沉浸在另一个遥远的梦乡里了。突然，他十分清醒地说起话来。

妻子醒了。

“你在和谁说话？”

“没和谁，”上校答道，“我是在想，在马孔多那次会议上，我们劝奥雷里亚诺·布恩迪亚上校别投降，那是对的。事情坏就坏在投降上面。”

雨下了整整一个星期。十一月二号那天，妻子不顾上校的反对，带了鲜花去给阿古斯丁上坟。从墓地回来，她的病又犯了。这个星期真难熬啊！比十月里上校担心挨不过去的那四个星期还要难熬。医生来给老太婆看了病，从卧室里出来时嚷着说：“我要是也得上这么个哮喘病，准能活到参加全镇所有人的葬礼。”

可他私下里又对上校说了些什么，并且对饮食作了些特殊规定。

上校也病倒了。他一连几个小时蹲在厕所里受罪，直冒冷汗，觉得自己的肠子都烂了，还一截一截地掉下来。“都怨这该死的冬天，”他一再不灰心地说，“等雨停了，一切都会好起来的。”他真心实意地相信这一点，确信自己能活到来信的那一天。

这回轮到他来维持家计了。他经常不得不咬着牙，到附近一家小店里去赊账。“下星期就还，”他嘴上这么说，心里实在没多大把握，“有一小笔钱上星期五就该给我汇过来了。”等妻子的病稍有起色时，丈夫的模样让她吃了一惊。

“你瘦得皮包骨头了。”她说。

“我正打算把这把老骨头卖了呢！”上校说，“有家黑管厂已经向我订好货了。”

但其实，他现在仅仅靠着对来信的期望勉力支撑。他筋疲力尽，失眠使他的骨头都散了架，他已经没法同时照料自己和那只公鸡了。十一月的下半月，他正犯愁这畜生再有两天吃不上玉米恐怕就得完蛋，这时猛然记起七月间他曾把一小包菜豆挂在了炉子上面。他于是剥去豆荚，放了一小罐干豆子给鸡吃。

“你过来一下。”妻子说。

“等一等。”上校观察着鸡的反应，嘴里应了一声，“饿急了吃什么都香。”

他看见妻子想在床上支起身来，羸弱的病体散发出一股草药的气味。她把早已想好的话一字一顿地说了出来：

“你马上把这只鸡脱手。”

上校早就料到会有这么一天。自从那天下午，他们的儿子被打死，而他决定留下这只公鸡，他就一直在等待这个时刻。他早就考虑过这个问题了。

“现在卖划不来，”他说，“再过三个月就要斗鸡了，那之后咱们准能卖个好价钱。”

“不是钱的事，”妻子说，“等那帮小伙子来了，你让他们把鸡带走，爱拿它怎么办就怎么办吧！”

“我是为了阿古斯丁，”上校说出了他事先想好的理由，“你想想，要是能回家来告诉我们他的鸡斗赢了，他该有多高兴！”

事实上妻子的确在想儿子。

“就是这些该死的鸡把他给毁了，”她喊了起来，“一月三号那天，他要是待在家里就不会把命都搭上了。”她伸出干瘦的食指，指着大门口喊道：

“我到现在好像还看见他夹着这只鸡出门的情景。我叫他不要去斗鸡场触霉头，可他却把牙一龇，对我说：‘别说了，今天下午咱们会大捞一笔的。’”

她筋疲力尽地倒在了床上。上校轻手轻脚地把老伴的头挪到枕头上。两双一模一样的眼睛对视着。“你尽量少动。”上校说，觉得老伴那哨音般的呼吸声就像是从自己的胸膛里发出来的一样。妻子陷入了短暂的昏迷，双眼紧闭。当她再次睁开眼，呼吸已经平稳多了。

“我这是为咱们的处境着想，”她说，“拿咱们的口粮去喂鸡，那是作孽！”

上校用床单给她擦了擦额上的汗珠。

“谁也不会因为再多等三个月就饿死的。”

“可这三个月咱们吃什么？”妻子问道。

“我不知道，”上校答道，“我们要是会饿死，早就饿死了。”

那只公鸡此时正精神地站在空罐子面前，看见上校就扬起脖子，咯地叫了一声，真像是人在说话。上校心领神会地对它笑笑：

“伙计，日子不好过啊！”

他上街了。正值中午，人们都在休息。他在镇上漫无目的地转了一圈，脑袋里空空如也，甚至都没认真去想他们的日子没着没落该怎么办。他顺着那些僻静的小巷走着，直到实在走不动了，才回到家中。妻子听见他回来了，便叫他进卧室来。

“什么事？”

她没抬眼看他，答道：

“咱们可以把钟卖了。”

上校也考虑过这着棋。“我敢肯定阿尔瓦罗会马上给你四十比索，”妻子说，“你想想，他买缝纫机的时候多痛快！”

她说的是个裁缝，从前阿古斯丁就在他的店铺里干活。

“明天上午我找他问问。”上校同意了。

“干吗要到明天上午，”妻子的口气斩钉截铁，“现在就把钟给他拿去，往他桌上一放，对他说：‘阿尔瓦罗，我把钟给您拿来了，您买下吧！’他马上就会明白的。”

上校有点不高兴了。

“这就像抱着圣灵盒子到处现眼一样，”他不乐意地说，“大家要是看见我抱着这么个匣子在大街上走，准会把我编进拉斐尔·埃斯卡罗纳[①]的歌里去。”

①拉斐尔·埃斯卡罗纳（1927－2009），哥伦比亚作曲家。

然而这次妻子还是说服了他。她亲自把钟取下来，用报纸包好交给上校。“拿不到四十比索就别回来。”她说。于是上校夹着这个大纸包，上裁缝铺去了。到了那里，只见阿古斯丁的伙伴们都在门口坐着。

有人给他让座。上校的脑子里一团乱麻。“多谢，”他说，“我只是从这儿路过。”这时，阿尔瓦罗走出裁缝铺，往过道上两根柱子之间拉起的铁丝上晾了块湿漉漉的斜纹布料。他是个长得有棱有角的硬小伙儿，生就一双梦幻般的眼睛。他也请上校坐。上校心里舒服点儿了，他把凳子靠着门柱放下，坐了下来，等着和阿尔瓦罗单独谈谈那桩买卖。忽然，他发现周围是一张张高深莫测的面孔。

“你们聊你们的。”他说。

大家客气了几句，其中一位凑过身来，用低得几乎听不见的声音对他说：

“阿古斯丁写东西了。”

上校扫了一眼空无一人的街道。

“说了些什么？”

“还是以往那些。”

他们塞给他一张秘密传单。上校把它藏进裤袋，然后默不作声地拍打着那个纸包，直到发觉有人注意上了它，才停下来。

“您拿的是什么东西呀，上校？”

上校避开了赫尔曼那双犀利的绿眼睛。

“没什么，”他撒了个谎，“我把钟送到德国人那儿去修修。”

“别傻了，上校，”赫尔曼说着就要伸手去接那个纸包，“您等着，我来看看。”

上校推辞着，一句话没出口，眼圈却先红了。旁人都劝他：

“您就让他看看吧，上校。他懂点儿机械。”

“我是不想麻烦他。”

“有什么麻烦不麻烦的，”赫尔曼说着接过钟，“那个德国人会敲您十比索，然后把钟原模原样地还给您。”

他拿着钟走进了店门。阿尔瓦罗正在机子上缝东西。靠里边坐着个钉扣子的小姑娘，她身后的墙上挂着把吉他，上面插着一张“莫谈国事”的告示。坐在外面的上校浑身不自在起来，把脚蹬在凳子的横档上。

“见鬼，上校。”

上校吓了一跳，说：“别说粗话。”

阿方索调整了一下鼻子上的眼镜，仔细打量着上校脚下的那双漆皮靴。

“我说的是鞋，”他说，“您这双见鬼的鞋是头一次上脚吧。”

“那也别说粗话嘛！”上校说着亮了亮他那双漆皮靴的鞋底，“这双宝贝鞋跟我四十年了，今天才头一次听见这样难听的话。”

“行了。”赫尔曼在屋里喊道，同时传来了钟打点的声音。隔壁有个女人敲了敲隔墙，喝道：

“别弹吉他了，阿古斯丁还没过周年呢！”

众人哄然大笑。

“是钟在响！”

赫尔曼拿着纸包走出来。

“没什么毛病，”他说，“要不要我陪您回去挂好？”

上校谢绝了他的好意。

“多少钱？”

“别放在心上，上校，”赫尔曼回到他那一伙人当中答道，“到一月份，那只公鸡会替您还账的。”

上校等待已久的机会到来了。

“我想跟你商量点儿事。”他开了口。

“什么事？”

“我把公鸡送给你吧！”上校又环顾了一下周围的人，“送给你们大家。”

赫尔曼莫名其妙地看着上校。

“我玩这些玩意儿已经嫌老了，”上校接着说道，竭力使自己的声音显得郑重而诚恳，“这副担子对我来说太重了。这些天以来，我一直觉得它恐怕快不行了。”

“别担心，上校，”阿方索说道，“那是因为这个季节鸡都在换毛，毛根在发热。”

“下个月就没事了。”赫尔曼证实道。

“反正我不想要它了。”上校说。

赫尔曼用犀利的眼睛盯着上校。

“您必须明白，上校，”他坚持说，“您要亲自把阿古斯丁的鸡放进斗鸡场去，这是最要紧的。”

上校想了想说道：“这我明白，所以我才把它喂到现在。”他咬咬牙，鼓起勇气说了下去：

“糟糕的是还得等三个月呢！”

赫尔曼恍然大悟：

“要光是因为这个，那就不成问题。”

于是他出了个主意，大家也都赞同。傍晚时分，当上校夹着纸包走进家门时，妻子大失所望。

“卖不掉吗？”她问。

“卖不掉，”上校答道，“不过这下子不要紧了，往后小伙子们负责喂那只鸡。”

“您等一会儿，老兄，我借把伞给您。”

堂萨瓦斯打开办公室里的壁橱，只见里面乱糟糟地堆着一些马靴、马镫和马缰绳，还有一只装满马刺的铝桶。上方则挂着半打雨伞和一把女士阳伞。上校不禁联想起一场大灾难所造成的破坏。

“谢谢您，老兄，”他把胳膊支在窗台上说道，“我想等雨停了再走。”堂萨瓦斯没关壁橱，便坐到了电风扇吹得到的写字台跟前，从抽屉里取出一支用棉花包着的皮下注射针管。上校透过雨幕凝视着窗外铅灰色的巴旦杏树。这是一个冷清的下午。

“从这扇窗户望出去,雨都是两样的,”上校说,“就像是下在另外一个镇子上。”

“雨从哪儿看还不都是雨。”堂萨瓦斯答道。他在写字台的玻璃面上煮针管。“这个镇子连狗屎都不如。”

上校耸了耸肩，往办公室里边走去：房间以青砖铺地，家具上都蒙着花里胡哨的罩布，最里头横七竖八地堆放着盐包、蜂巢格子和马鞍之类的物件。堂萨瓦斯睁着无神的双眼看着上校。

“我要是您，就不这样想。”上校说。

他坐了下来，两腿交叉着，不动声色地盯着俯身在写字台上的堂萨瓦斯，这是个身形矮胖的男人，皮松肉弛，一双蛤蟆眼没精打采。

“您得去看看病了，老兄，”堂萨瓦斯劝道，“自从那天送葬以后，您看上去气色可不太好。”

上校昂起头来。

“我现在身体好得不得了。”他说。

堂萨瓦斯等着煮针管的水烧开。他叹息道：“我要是能说这样的话就好了。您真有福气，连铜马镫都吃得下去。”他端详着自己那布满褐色斑点的毛茸茸的手背，除婚戒外他还戴了枚黑宝石戒指。

“这倒不假。”上校同意道。

堂萨瓦斯冲着办公室里那扇通往别的房间的门叫了声自己的妻子，又愁眉苦脸地埋怨起自己的饮食规定来。他从衬衣口袋掏出一只小瓶，把一粒黄豆大小的白色药片倒在写字台上。

“这些药走到哪里都要带着，真是活受罪！”他说，“就像口袋里装着死神一样。”

上校走到写字台前，把药放在手心里打量，堂萨瓦斯让他尝尝。

“这是用来让咖啡变甜的，”他解释道，“它是糖，可又不含糖。”

“当然，”上校嘴里一股甜中发苦的味道，“这就像有钟声可又没有钟一样。”

妻子给他打完针后，堂萨瓦斯便双手托腮伏在写字台上。上校不知如何是好。女人关上电风扇，把它挪到保险柜上，然后向壁橱走去。

“雨伞这东西总好像跟死神有点儿瓜葛。”她说道。

上校心不在焉地听着。四点钟他就从家里出来等信，但这场雨使他不得不到堂萨瓦斯的办公室里避一避。这会儿已经传来了船靠码头的汽笛声，雨还在下。

“人们都说死神是个女人。”那婆娘又说道。她是个大块头，比丈夫高出一截，上嘴唇还长了个毛乎乎的肉瘤，说起话来教人不由得想起嗡嗡作响的电风扇。“可我总觉得不会是个女人！”她说着关上壁橱，回过身来询问似的看着上校的眼睛：

“我看它一定是个长着蹄子的动物。”

“有可能，”上校赞同地说，“有时会发生一些很奇怪的事。”

他想着邮电局长这会儿该披件雨衣跳上汽船了。从决定换律师到现在，又过了一个月，回信也该来了。堂萨瓦斯的妻子正絮絮叨叨地讲着什么死神，突然发现上校一副魂不守舍的样子。

“老兄，”她说，“您是有什么心事吧？”

上校这才魂魄归舍。

“没错，”他撒了个谎，“我在想，都五点钟了，还没给鸡打针呢！”

那女人困惑不解。

“像给人打针一样也给鸡打针！”她大呼小叫地说，“真是作孽啊！”

堂萨瓦斯忍无可忍，抬起了涨得通红的脸。

“你把嘴闭一会儿吧！”他大声呵斥妻子，而她也果真用手掩住了嘴巴，“你用这些蠢话把我这位老兄折磨了有半个钟头了！”

“哪里哪里。”上校连忙打着圆场。

女人把门一摔走了。堂萨瓦斯用一条散发着薰衣草香味的手帕擦干脖子。上校走到窗前。雨还在下。一只母鸡迈着黄黄的长脚穿过了空荡荡的广场。

“给鸡打针？这是真的吗？”

“是真的，”上校答道，“下星期就开始训练了。”

“真是胡闹，”堂萨瓦斯说，“您已经不适合搞这些事了。”

“这话不假，”上校说，“可总不能因为这个就把鸡脖子拧断吧！”

“您真是死不开窍。”堂萨瓦斯也走到窗前。上校听见他的喘气声就像风箱一样。这位老兄的眼里对他流露出怜悯之意。

“听我的话，老兄，”堂萨瓦斯说道，“趁现在还来得及，把鸡卖掉吧。”

“没有什么事是来不及的。”上校说。

“别糊涂了，”堂萨瓦斯不肯罢休，“这可是笔一举两得的买卖！您卸掉了一个包袱，兜里又能装上九百比索的票子。”

“九百比索？”上校失声叫了出来。

“九百比索。”

上校掂量了一下这个数字。

“您认为有人肯出这么大的价钱买那只鸡？”

“不是认为，”堂萨瓦斯答道，“而是有绝对的把握。”

这是上校自上缴革命军那笔资金以来所听到的最大数字了。从堂萨瓦斯的办公室里出来时，他腹内又是一阵剧烈的绞痛，可他明白这次绝不是天气的缘故。到了邮局，他直截了当地对局长说：

“我在等一封急信，航空的。”

局长在分信格子里翻看了一通，又把信一一放回原处，一言不发地拍了拍手，意味深长地看了上校一眼。

“信今天肯定要到的。”上校说。

局长耸了耸肩。

“只有一件东西是肯定要到的，上校，那就是死神。”

妻子盛好了一盘玉米粥正等他吃饭。他默默地吃着，每咽下一勺都要停下来想半天。妻子坐在他对面，觉得家里好像出了什么事。

“你怎么啦？”妻子问道。

“我在想那个办理退伍金手续的职员，”上校又撒了个谎，“再过五十年，我们都静静地躺在地下了，而那个可怜虫每星期五还要苦苦地等他的退休金。”

“尽说不吉利的话，”妻子说，“看样子你已经甘愿忍受了。”她接着喝粥。但过了一会儿，她发现丈夫还是那副心神不定的模样。

“现在你还是赶紧喝粥吧！”

“这粥不错，”上校说，“哪儿来的？”

“鸡身上来的呗，”妻子答道，“小伙子们给鸡拿来那么多玉米，鸡决定分点儿给我们吃。生活就是这么回事儿。”

“是啊，”上校叹了口气，“生活是人们发明出来的再美妙不过的东西了。”

他看了看拴在炉座腿上的公鸡，觉得它已经全然不是先前的模样。妻子也看了鸡一眼，说：

“今天下午那帮孩子弄来一只老母鸡，要让公鸡跟它配种，我拿棍子才把他们撵走。”

“这不新鲜，”上校说，“过去有些村子里的人对奥雷里亚诺·布恩迪亚上校也是这样，送些大姑娘来和他配种。”

妻子听了这事乐坏了。这时，鸡咯地叫了起来，传进过道里，仿佛是人在低声说话一样。“我有时想，总有一天这鸡会讲起话来的。”妻子说罢，上校又看了鸡一眼。

“这鸡就是一大把现钱啊！”上校嘴里含了口玉米粥，盘算着，“足够我们吃上三年的！”

“幻想可不能当饭吃。”妻子说。

“是不能当饭吃，可也能养活人啊！”上校答道，“就像我那位老兄堂萨瓦斯服的灵丹妙药一样。”

这一夜他难以成眠，一心想把脑子里的数字抹掉。第二天吃午饭时，妻子端上来两盘玉米粥，然后一言不发地埋头喝完了她那一份，搞得上校心里也不大舒畅。

“你怎么啦？”

“没什么。”妻子说。

上校觉得这次轮到妻子撒谎了。他想安慰她几句，可她就是不松口。

“没什么了不起的事，”她说，“我只是在想，那个人死了快两个月了，我还没去吊过丧呢。”

这天晚上她去了。上校把她送到死者家里，随后被扬声器里传来的乐曲声吸引着向电影院走去。安赫尔神父端坐在他的办公室门口，正监视着看谁竟不顾他的十二声警告进去看电影。而影院入口处耀眼的光束、刺耳的音乐和孩子们的喧闹声同他唱开了对台戏。猛地，一个孩子举起木枪吓唬上校。

“鸡怎么样了？上校！”那孩子用蛮横的口气说。

上校举起了双手。

“还是老样子。”

一幅四色广告占去了电影院的整个门面：“夜半处

女”。那少女身着舞装，还光着一条大腿。上校在附近兜了两圈，直到远处电闪雷鸣，才赶紧去接老伴。

妻子已经不在死者家里，可也没回自己家。上校估摸着快到宵禁时分了，偏偏钟又停了摆。他等着，觉得暴风雨正向小镇袭来。他正想再出去看看，妻子回来了。

上校把鸡抱进卧室。妻子换了件衣服，在堂屋里喝水。这时，上校已给钟上好了发条，正等着宵禁号来对时间。

“你上哪儿去了？”上校问道。

“转了会儿，”妻子说罢把杯子放回水缸旁边，看也不看丈夫一眼，便走进卧室去，“谁能料到雨来得这么急。”上校没有搭腔。宵禁号一响，他把钟拨到十一点，然后合上小玻璃门，把椅子放回原处。

他看见妻子正在做晚祷。

“你还没回答我的问题呢！”上校说道。

“什么问题？”

“你上哪儿去了？”

“我在那儿聊了会儿天，”她说，“好久没上街了。”

上校挂好吊床，关上屋门，喷了杀虫剂，然后把灯放在地上，上床睡觉了。

“我了解你，”他难过地说道，“一个人要是不得不说假话，那真是到了山穷水尽的地步了。”

妻子长叹一声。

“我上安赫尔神父那儿去了一趟，”她说，“我拿咱们的婚戒作抵押，求他借几个钱。”

“他怎么说？”

“他说拿神圣的信物换钱是罪过。”

妻子在蚊帐里继续说：“这两天我一直盘算着把那架钟卖掉，可谁也不感兴趣，现在外头到处都在卖分期付款的时新夜光钟，黑地里都能看见时间。”上校认识到，四十年来他们共同生活，共同挨饿，共同受苦，可他到底也没能了解透妻子。他感到他们的爱情中也有什么东西衰老了。

“也没人要那张画，”妻子说，“人人都差不多有那么一张，我连土耳其人那儿都去过了。”

上校听了很难过。

“这么说，全镇的人都知道我们快饿死了！”

“我实在受不了了，”妻子说，“你们男人根本不知道过日子有多艰难。有好几次我不得不在锅里煮石头，免得左邻右舍都知道我们揭不开锅了。”

上校觉得自己受了侮辱。

“这事儿真丢人！”

妻子索性钻出蚊帐，走到吊床跟前。“我再也不能这样装模作样地过日子了，”她说，气得声音都嘶哑了，“这种死要面子活受罪的日子我受够了！”

上校躺着一动不动。

“二十年了，我们一直等着他们兑现每次大选后对我们许下的那一大堆诺言，可到头来我们连儿子都没保住，”她继续说，“连儿子都没保住！”

上校对这样的责难已经习以为常。

“我们做了我们该做的事。”他说。

“可二十年来，那些人在议会里每个月都拿上千比索，”妻子反驳道，“你看看那个萨瓦斯，他的钱多得连他家那幢两层楼的房子都装不下了。他到这个镇子上来的时候，不过是个脖子上盘着条蛇的卖药郎中。”

“可他得了治不好的糖尿病！”上校说。

“那你呢，眼下就要饿死了，”妻子说，“现在你该明白了吧，尊严是不能当饭吃的。”

一道闪电打断了她的话头。雷声在街上炸开，冲进卧室，如同一堆乱石在床底下滚动。妻子急忙扑进帐子里找她的念珠。

上校乐了。

“这都是你嚼舌头的报应，”他说，“我早说过，上帝是站在我这边的。”

但实际上，他心中苦恼万分。过了一会儿，他熄了灯，在间或被闪电照得通明的黑屋里苦思冥想。他想起了马孔多。头十年，上校一直盼着人家兑现在尼兰迪亚许下的诺言。后来，在一个沉闷的中午，一列土黄色的火车风尘仆仆地开到了那里，车上满载着热得喘不过气来的男女老少，鸡鸭猫狗。当时正掀起一股香蕉热。不出二十四小时，整个镇子就变了样。“我该走了，”上校那时说，“香蕉的气味会把我的肠子熏烂的。”于是他搭回程的火车离开了马孔多，那是一九〇六年六月二十七日，星期三下午两点十八分。直到过了半个世纪他才明白过来：自从在尼兰迪亚投降以来，他连一分钟的安宁日子也没过上。

他睁开眼睛。

“那就别再去想它了。”

“想什么？”

“鸡的事，”上校说，“明天我就把它卖给堂萨瓦斯，换他九百比索。”

受阉割的牲畜的嘶叫声和堂萨瓦斯的吆喝声混成一片，从窗子传进办公室里来。“要是他再过十分钟还不来，我就走。”上校等了两个钟头后这样自语道。但他又等了二十分钟。刚准备起身离去，堂萨瓦斯领着一群雇工走进了办公室。他在上校面前来来回回过了几趟都没正眼瞧他，直到雇工们都走了，他好像才发现上校在屋内。

“您是在等我吗，老兄？”

“是的，老兄，”上校说，“不过，您要是忙的话，我晚一点儿再来。”

可堂萨瓦斯已经走到门外，根本没听见上校说些什么。

“我一会儿就回来。”他说。

这是个炎热的中午，从街上反射来的光把办公室里映得亮堂堂的。上校热得昏昏沉沉，眼皮不由自主地合上了，而且立刻就梦见了自己的老伴。堂萨瓦斯的妻子踮着脚尖走了进来。

“您睡吧，”她说，“我把百叶窗关上，这间办公室热得就像地狱。”

上校蒙蒙眬眬地看着她。窗户关上了，阴影里又传来她的声音：

“您常做梦吗？”

“有时候做，”上校答道，为自己刚才睡着了而感到不好意思，“我几乎总是梦见自己缠在蜘蛛网里。”

“我每天晚上都做噩梦，”女人说，“现在我真想弄清楚梦里遇见的那些陌生人都是谁。”

她打开了电风扇。“上星期我梦见床头站着一个女人，”她说，“我壮起胆子问她是谁，她说她是十二年前死在这间房里的女人。”

“可这座楼盖了还不到两年啊！”上校说。

“可不是嘛！”女人又说道，“可见有时连死人也会弄错。”

电风扇嗡嗡作响，阴影更显得昏暗了。上校又困又乏，可这个唠叨女人从做梦说到投胎。上校越听越不耐烦，正打算趁她告一段落时起身告辞，这时堂萨瓦斯和他的领工走进了办公室。

“我已经给你热过四次汤了。”女人说。

“你要是愿意，热十次也行，”堂萨瓦斯说道，“但这会儿别来打搅我。”

他打开保险柜，取出一卷钞票交给领工，又叮咛了几句。领工拉开百叶窗数钱。堂萨瓦斯看见上校坐在办公室里，却毫无表示，继续同领工说话。当他们又要走出办公室时，上校站起身来，堂萨瓦斯这才在开门前停下脚步。

“您有什么事，老兄？”

上校觉得领工正看着自己。

“没什么大事,老兄,”他说,“我想跟您说几句话。”

“那就快点儿讲,”堂萨瓦斯说道，“我现在一分钟都不能耽搁。”

堂萨瓦斯手拉住门把等着，上校觉得自己度过了一生中最漫长的五秒钟。他咬了咬牙，低声说道：

“就是那只公鸡的事。”

堂萨瓦斯随即打开了门。“那只公鸡的事,”他微笑着重复了一遍，同时把领工推到走廊里，“都快翻天了，我这位老兄还惦记着他那只公鸡。”

然后他对上校说：

“好啊，老兄。我马上就回来。”

上校一动不动地立在办公室中央，听着他们的脚步声渐渐消失在走廊尽头。随后他走了出去，在镇上转了转。星期天的午休时分，镇上一切活动都停止了。裁缝铺里一个人也没有，医生的诊所大门紧闭，连叙利亚人的店铺里也无人看守。河水好似一块钢板。码头上，有个人睡在四只油桶上面，脸上还盖了顶草帽遮挡阳光。上校朝自己家走去，确信此时整个镇子上只有他一人在活动。

妻子在家里准备了一桌菜等他吃午饭。

“我赊了一点账，说好明天一早就还。”她解释道。

吃饭时，上校把过去三个钟头的情况给她讲了讲。她越听越不耐烦。

“你这个人太窝囊，”她听完说，“就像是去要饭一样。你应当理直气壮地把他叫到一边，对他讲：‘喂，老兄！我决定把鸡卖给您了。’”

“照你这么说，生活也太容易了。”上校说。

她突然发了火。这一上午她都在收拾屋子，到这会儿还穿得怪模怪样的：脚上套着丈夫的旧鞋，腰里系了条油布围裙，头上还蒙了块破布，在两耳边各打了个结。“你连一点生意经都不懂，”她说，“你要是想卖掉一件东西，就得把脸板得像是去买东西一样。”

上校发现妻子这副模样很好笑。

“你就这样别动，”他笑着打断了她的话，“你这样子活像桂格燕麦上的小矮人。”

妻子一把扯下了头上的破布。

“我这是在认真跟你说话，”她说，“我现在就把鸡给那位老兄抱去。咱们打个赌，半个钟头内我要是拿不回九百比索，输给你什么都行！”

“你头脑发晕了吧，”上校说，“已经拿卖鸡的钱打上赌了。”

上校好不容易才把她劝住了。整整一上午，她都在盘算往后三年的日子该怎么过，认为再也不用每星期五去受那份罪了。她收拾好房子，只等这九百比索。她开了一份最急需的物品清单，没忘要给上校买双新鞋。卧室里也腾出了放镜子的地方；而现在，这一番计划突然幻灭了，她又羞又恼。

她小睡片刻起来时，上校正在院子里坐着。

“现在你打算怎么办？”她问道。

“我正想着呢。”上校答道。

“那问题就算是解决了。不出五十年我们准能拿到那笔钱！”

其实上校已经拿定主意，当天下午就去把鸡卖掉。他想象着堂萨瓦斯独自一人待在办公室里，对着电风扇准备打针。他已经料到会得来什么样的回答了。

“把鸡带上，”出门时妻子劝他，“神仙到了场，奇迹才会出现。”

上校说什么也不肯。她把丈夫一直追到大门口，绝望之中又怀着一丝希望。

“不要怕他办公室里人多事杂，”她说，“你就拉住他的胳膊，不拿出九百比索来你就别松手。”

“人家还以为咱们要抢他呢！”

她没去理会丈夫。

“记住你是鸡的主人，”她再三叮咛道，“记住是你在帮他的忙！”

“好吧！”

堂萨瓦斯和医生在卧室里。“趁他在家快点去，老兄，”他的妻子对上校说，“他马上就要去农庄，星期四才能回来，大夫正为他作准备呢。”上校心里两股力量斗争着：尽管已经决定把鸡卖掉，可他又希望自己晚到一个钟头，那样就碰不上堂萨瓦斯了。

“我等一会儿吧！”他说。

可女人一定要他进去，她把他领进了卧室。她丈夫坐在床上，只穿了条裤衩，一双无神的眼睛盯着医生。上校在一旁等着。医生把病人的尿液在试管里加了热，又闻了闻气味，对堂萨瓦斯做了个手势，表示一切正常。

“就该把他给毙了，”医生转向上校说道，“靠糖尿病来结果这帮阔佬，真是太慢了。”

“您已经让您那该死的胰岛素极尽所能了，”堂萨瓦斯说，皮肉松弛的屁股扭动了一下，“可我这根硬钉子不好啃呀！”然后，他对上校说：

“来呀，老兄，下午我出去找您，连您的帽子都没见到。”

“我不戴帽子，免得要在别人面前摘下来。”

堂萨瓦斯开始穿衣服。医生把一支装血样的试管放进上衣口袋，便开始收拾他的提箱。上校心想，他该告辞了。

“换作我，大夫，就给他开上十万比索的药费单子，”上校说，“这样您就不会忙成这个样子了。”

“我已经向他提过这笔交易了，不过不是十万，而是一百万比索，”医生说，“贫穷是治疗糖尿病最有效的方法。”

“多谢您这个方子，”堂萨瓦斯一面说，一面尽力把大肚皮塞进马裤里去，“可惜我不能接受，免得您也受这份富翁罪。”医生对着提箱上镀镍的锁欣赏起自己的牙齿来，又看了看表，一点儿不耐烦的意思也没有。堂萨瓦斯正在穿靴子，冷不防问了上校一声：

“好了，老兄，您那鸡怎么啦？”

上校明白医生也正等着听他如何回答，便咬一咬牙。

“没什么，老兄，”他低声说，“我是来把它卖给您的。”

堂萨瓦斯已经穿好了靴子。

“没问题，老兄，”他不动声色地说，“这也是您能想到的最明智的办法了。”

“我玩这个已经嫌老了，”上校看着医生那难以捉摸的表情，连忙解释道，“要是退回去二十年，还差不多。”

“您总是像比实际年龄年轻二十岁。”医生答道。

上校缓过气来，等着堂萨瓦斯再说点什么。可这位什么也没说，而是穿上一件带拉链的皮夹克，准备走出卧室。

“要不咱们下星期再谈吧，老兄。”上校说。

“我也正是这个意思，”堂萨瓦斯说，“我有个主顾，大概能出四百比索，但要等到星期四再说。”

“多少钱？”医生问道。

“四百比索。”

“我先前可听说不止这个价啊！”医生说道。

“您上次说能卖九百比索呢！”上校见医生感到惊讶，也趁势说道，“这可是全省最棒的公鸡！”

堂萨瓦斯对医生说：

“要放在过去，随便谁都会出一千比索，可现在，谁也不敢把好鸡拿出来斗，你得冒着被人乱枪打死，从场子里抬出来的风险哪！”接着又悲天悯人地转向上校：

“这就是我想对您说的，老兄。”

上校点了点头。

“好吧。”他说。

他跟在他们身后穿过走廊。堂萨瓦斯的妻子把医生留在了客厅，想讨教一下怎么对付“那些突如其来而又莫名其妙的事情”。上校在办公室里等他。堂萨瓦斯打开保险柜，往各个衣兜里都塞了些钱，然后递给上校四张钞票。

“这是六十比索，老兄，”他说，“等鸡卖了咱们再清账。”

上校陪着医生走过码头一带的集市，在傍晚的凉意中，那儿又热闹起来。一艘满载甘蔗的驳船正顺流而下。上校发现医生的神情还是那样古怪莫测。

“您身体怎么样，大夫。”

医生耸了耸肩。

“平平常常，”他说，“看来我自己也得找个医生看病了。”

“冬天了嘛，”上校说道，“就拿我来说吧，肠子就像烂了似的。”

医生用绝非职业兴趣的目光打量着上校，一边和坐在各自店铺门口的叙利亚老板们一一打招呼。到了诊所门口，上校给他讲了讲自己对卖鸡这件事的看法。

“我是没别的办法了，”他向医生解释道，“那畜生简直是在吃人肉呢！”

“吃人肉的畜生只有一个，那就是堂萨瓦斯，”医生说道，“我肯定他会把那只鸡以九百比索的价钱转手卖出去。”

“您这么认为吗？”

“当然！”医生说，“他会把这笔买卖做得跟他那回向镇长签订著名的爱国条约一样出色。”

上校不愿相信。“他在那个条约上签字是为了保住他的小命，”他说，“这样他才能在镇上留下来。”

“这样他才能用半价把那些被镇长赶走的同党们的家产买下来。”医生反驳道。因为在口袋里没找见钥匙，他敲了敲门，然后又转向满腹狐疑的上校。

“别太天真了，”他说道，“堂萨瓦斯是那种要钱不要命的人。”

这天晚上，上校的妻子出去买东西。上校陪她到叙利亚人的商店，心里回味着医生的话。

“你马上去找一下小伙子们，告诉他们鸡已经卖了，”妻子对他说道，“别让人家等到最后一场空。”

“堂萨瓦斯回来之前，鸡还不能算卖了。”上校答道。

他看见阿尔瓦罗在台球厅里玩轮盘赌。星期天的晚上，台球厅里热气腾腾，收音机开到了最大音量，就连空气也仿佛格外闷热。一条长长的黑油布上画着花花绿绿的数字，桌子正中放了只箱子，上面点了盏汽灯，把数字照得通明。上校觉得很有意思。阿尔瓦罗押“二十三”,已经一输再输。上校从他肩上看过去，发现九次里“十一”中了四次。

“押‘十一’,”他在阿尔瓦罗耳边悄声说，“这个中得最多。”

阿尔瓦罗仔细看了看油布，空了一轮没押。他从裤兜里掏出一把钱来，里面夹了张纸条，他把纸条从桌子底下递给了上校。

“阿古斯丁写的。”他说。

上校把秘密传单藏进衣袋。这时，阿尔瓦罗在“十一”上下了大注。

“开始少下些。”上校说。

“没准预感成真呢。”阿尔瓦罗答道。当那只花里胡哨的大轮盘转起来以后，又有几个人把他们的钱从其他格子移到了“十一”上。上校的心悬到了半空，头一回感到碰运气这种事的魅力，真是教人既兴奋又害怕。

结果中的数字是“五”。

“真对不起，”上校不好意思地说，怀着难以克制的负疚心情看着那只木板刮子把阿尔瓦罗的钱一下子给刮走了，“都怪我多管闲事。”

阿尔瓦罗没看上校，而是微微一笑：

“别担心，上校。到情场上再试试嘛！”

忽然，吹奏曼波舞曲的号声停了下来，赌钱的人都举着双手散开了。上校听见身后响起了步枪上膛时那种节奏清晰、令人胆寒的短促声音。他想起兜里装着那份传单，明白自己已经不幸地陷入了警察的搜查圈。他没有举起手便转过身来，于是，有生以来第一次，他如此近距离，几乎是面对面地看见了杀害他儿子的凶手。他个头矮小，皮肤黝黑，有点像印第安人，一脸的孩子气。他就站在上校对面，枪口直指着上校的肚子。上校咬紧牙关，用手指轻轻拨开了枪筒。

“借光。”他说。

他直视着那双猫头鹰似的小而圆的眼睛。霎时间，他觉得自己仿佛正被这双眼睛吞噬，嚼碎，消化，然后又立即被排泄了出来。

“您请便，上校。”

不用打开窗子，上校就知道已经到了十二月。他在厨房里剁喂鸡的水果时，浑身的筋骨就把这个消息告诉了他。然后，他打开门，屋外的景致也证实了他的感觉。院子里美极了，小草、树木，以及那间当厕所用的小屋，仿佛都在离地面一毫米处，漂浮在阳光里。

妻子在床上一直躺到九点钟。等她进了厨房，上校已经收拾完屋子，正和孩子们围着公鸡闲聊天。

她得绕过他们才能走到炉子跟前。

“别在这儿挡路！”她嚷道，阴沉地瞪了鸡一眼，

“你究竟什么时候才能不这样整天泡在这只倒霉的公鸡身上！”

上校想从鸡身上看出妻子为什么要发火，可一点儿也看不出它有什么可恶的地方。它已准备停当，只等接受训练了。它脖子和大腿上的毛已经拔去，露出紫红的皮肉，冠子也修剪过了，显得精精干干，没遮没挡的。

“你上窗口去看看，把鸡忘掉吧，”孩子们走后，上校对她说，“这么美妙的早晨，教人真想拍张相片。”

妻子走到窗前看了看，神情丝毫不为所动。“我倒想栽几株玫瑰花呢。”她说着回到了炉子旁边。上校把镜子挂到柱子上，准备刮脸。

“想栽你就栽嘛。”他支持道。

他尽力使自己的动作和镜子里的影子合拍。

“猪会吃掉的。”她说。

“猪吃了更好，”上校说，“吃玫瑰花长大的猪，肉味一定香极了。”

他从镜子里看见妻子还是那副闷闷不乐的样子。在火光映照下，她的脸庞仿佛是用做炉子的那种泥塑成的。他两眼注视着妻子，手则不知不觉地在照他多年来的老习惯那样摸索着刮脸。妻子长时间地沉默着，思索着什么。

“我不想栽。”她说。

“也好，”上校说，“那就别栽了。”

他觉得很舒坦。十二月一到，他的肠胃就不发胀了。这天早上，他想穿那双新鞋，却不怎么顺心。他试了好几次，终于明白那都是白费气力，于是还是穿上了那双漆皮靴。妻子见他又换上了旧鞋，便说：

“新鞋你要是不穿，永远也不会合脚。”

“那是给瘫子做的鞋，”上校满心的不情愿，“那些人卖鞋之前，应该先找人穿上一个月。”

他怀着下午准能来信的预感兴冲冲地上了街。因为还不到船靠岸的时间，他便去堂萨瓦斯的办公室等他。可那里的人对他说，堂萨瓦斯要到星期一才会回来。尽管这件事出乎上校的意料,他却并没有灰心。“迟早他得回来。”他自言自语道，接着朝码头走去，天色尚早，时光宜人 。

“要是一整年都是十二月该多好,”他坐在叙利亚人摩西的店铺里嘀咕道,“人就会觉得浑身像玻璃一样亮堂、爽气。”

叙利亚人摩西恐怕费了好大气力，才把这句话翻译成已被他忘得差不多了的阿拉伯语。他是个安分守己的东方人，一件长皮衣一直蒙到头顶，活动起来就像个快要淹死的人一样笨手笨脚，真像是被人刚从水里救上来的。

“过去就是那样,”他说,“要是一直那样的话，我今年该有八百九十七岁了，你呢？”

“七十五。”上校说，眼睛紧盯着邮电局长。这时他才发现来了个马戏班子。邮船顶上一大堆花花绿绿的东西中有一顶打了不少补丁的帐幕。他的目光甚至一度丢开了邮电局长，去别的几条船上堆放着的大箱子中间寻找猛兽，但没有找见。

“是个马戏班，”他说，“十年了，这是来这里的第一个马戏班。”

叙利亚人摩西弄明白怎么回事之后，用一长串阿拉伯、西班牙混合语告诉了他的妻子。她从店后应了句什么，摩西嘀咕了一阵，又把她的担心翻译给上校听：

“快把猫藏起来，上校。小伙子们会把猫偷走卖给马戏班的。”

上校正准备去追上邮电局长。

“这个马戏班不耍野兽。”他说。

“一回事，”叙利亚人答道，“走钢丝的人专吃猫肉，这样骨头就摔不断了。”

上校跟在局长身后，穿过码头一带的集市，来到了广场上。突然，他听见斗鸡场里人声鼎沸。一个过路人向他夸了几句他的鸡，他这才想起来今天是预定开始训练的日子。

他从邮局门前走了过去。片刻之后，他已经置身在斗鸡场热火朝天的气氛中了。他那只鸡正孤零零、没有遮护地站在场子中央，脚趾上缠着布，两腿微微发抖，看上去有点怯阵。对手是一只没精打采的灰鸡。

上校不动声色地看着两只鸡一次又一次地厮拼。在震耳欲聋的呐喊声中，只见鸡毛、鸡腿和鸡脖子扭作一团。转瞬间，对手被甩到了隔板上，打了个旋稳住阵脚，又冲将过来。他的鸡并不进攻，只是一次又一次地击退对手，然后稳如泰山地落回原地。此刻，它的腿已经不抖了。

赫尔曼跳过隔板，双手举起它，让看台上的人们一睹它的风姿，四周响起了狂热的掌声和喝彩声。上校觉得这股欢呼的热烈劲头同紧张的斗鸡场面不相称，在他眼里，这简直就像是一出闹剧，连公鸡们都心甘情愿地跟在里头起哄。

他带着半鄙夷半好奇的心情环视着斗鸡场。人们兴高采烈地从看台上涌进场子里。上校观察着这一张张热情、焦切而又生气勃勃的面孔。都是年轻人，仿佛全镇的年轻人都聚在了这里。他恍恍惚惚，似又回到了那业已消逝的记忆中的某个时刻。接着他跳过隔板，挤进围成一堆的人群，迎向赫尔曼那双冷静的眼睛。两人目不转睛地对视着。

“下午好啊，上校。”

上校劈手夺过了鸡。“下午好。”他咕哝了一声，就再也没说一句话。鸡身上的热气和强烈的搏动使上校颤抖起来。他觉得此生从未抱过这么活蹦乱跳的东西。

“刚才您不在家。”赫尔曼不知说什么好。

又一阵欢呼声打断了他。上校不安了，他头也不抬地挤出人群，掌声和欢呼声弄得他有点发懵。他就这样抱着鸡走上了大街。

他身后跟着一大群小学生，全镇的穷苦百姓都跑出来看他。一个大块头黑人站在广场拐角的一张桌子上，脖子上盘条蛇，正在私自卖药。一大群从码头回来的人原本正围在那里听他吹牛，看到上校抱着鸡经过，马上把注意力转到了他身上。上校觉得，回家的路从来没有像今天这么长。

上校心里并不后悔。小镇经历了十年的动乱，很久以来一直处于沉闷的气氛当中。今天下午——又一个没有来信的星期五下午——人们苏醒了。上校记起了过往的岁月，仿佛又看见自己带着妻儿，打着伞观看没有因雨而中断的演出。他记起了当年他那个党的首领们头发梳得整整齐齐，在他家院子里一面摇着扇子，一面听音乐的情景。他仿佛觉得，此刻自己的腹中正回荡着大鼓那令人痛苦的响声。

他走在与河流平行的大街上，那里人群熙熙攘攘，让人联想到当年那次星期日的大选。人们在观看马戏班卸船。一家店铺里，有个女人朝他喊了句有关那只鸡的什么话。在恍惚中，他回到家，耳边还响着嘈杂的人声，仿佛斗鸡场里那欢呼声的余音一直跟随着他。

走到家门口，他对孩子们说：

“全都回家去，谁敢进来我拿皮带抽他。”

他闩好门，径直朝厨房走去。妻子上气不接下气地从卧室走了出来。

“是他们硬给夺走的，”她大声说道，“我对他们说了，只要我还有一口气在，他们就休想把鸡抱出屋去。”上校把鸡拴在炉座腿上，给罐里换了水，耳边萦绕着妻子激动的声音。

“他们说，哪怕踩着咱们的尸首也要把鸡带走，”她说，“他们说，这只鸡不是咱们的，而是全镇老百姓的。”

上校侍弄完鸡，才转过脸来看着妻子那张扭曲了的脸。他毫不惊讶地发现，这副神情此刻既没使他不安，也不令他同情。

“他们做得对。”他平静地说。然后一边在衣兜里翻着什么，一边用高深莫测的温柔语气又加了一句：

“鸡不卖了。”

妻子随他走进卧室，觉得丈夫今天人情味儿十足，可又教人捉摸不透，就像电影银幕上的人一样。上校从衣柜里取出一卷钞票，和衣兜里的合在一起数了数，又藏进柜子里。

“这儿一共有二十九比索，是还给我那老兄萨瓦斯的，”他说，“剩下的等退伍金来了再还。”

“如果来不了呢？”妻子问道。

“会来的。”

“可要是来不了呢？”

“那就不还。”

他从床底下找出那双新鞋，用一块破布擦了擦鞋底，又从柜子里找出那只硬纸盒，把鞋装了进去，放得和星期天晚上妻子给他买回来时一模一样。妻子一动不动地看着他。

“把鞋也退掉，”上校说，“这样可以再还他十三比索。”

“人家不会给退的。”妻子说。

“非退不可，”上校答道，“我总共才穿了两次嘛！”

“那些土耳其人才不理你这一套呢。”妻子说。

“他们必须理。”

“要是不理呢？”

“那就别理好了。”

老两口没吃晚饭便躺下了。上校等妻子念完玫瑰经，便熄了灯。但他睡不着。他听见鉴定影片的钟声响了，然后几乎紧接着——其实过了三个钟头——响起了宵禁号声。夜深了，寒气袭人，妻子喘得越发艰难。上校睁着眼。忽然，妻子说话了，声音平静如常，一种息事宁人的口气。

“你醒着吗？”

“嗯。”

“再冷静想想吧，”妻子说，“明天你再去找萨瓦斯老兄谈谈。”

“他星期一才回来。”

“那更好了，”妻子说，“你还有三天时间可以考虑。”

“没什么好考虑的。”上校答道。

十月黏糊糊的空气已被十二月令人安适的凉爽所替代。上校从石鸻鸟的定期迁徙中又一次感到十二月的气息。钟敲了两下，他还是无法入睡。他知道妻子也醒着，便在吊床上翻了个身。

“你还没睡着？”妻子说。

“嗯。”

她顿了一下。

“我们现在折腾不起了。”她说，“想想看，四百比索，摞在一起该有多少啊！”

“没几天退伍金就要来了。”

“这话你说了十五年了。”

“所以，”上校说，“不会再耽搁太长时间了。”

她有好一阵儿没说话。上校觉得时间仿佛都停止了流动，直到她重新开腔。

“我觉得这笔钱永远也不会来了。”妻子说。

“会来的。”

“如果不来了呢？”

上校无言以对。鸡叫头遍时他清醒了一会儿，但随即又无忧无虑地沉睡过去。醒来时，太阳已经升得老高。妻子还在睡觉。虽说晚起了两个钟头，他还是按部就班地做完了每天早上的例行家务，等着妻子起来吃早饭。

妻子起来时心事重重。他们互道了早安，便坐下来默默无语地吃早饭。上校喝了杯不加牛奶的咖啡，吃了块奶酪和一片甜面包。他一上午都耗在裁缝铺里。一点钟回到家，只见妻子正坐在秋海棠间缝补衣服。

“该吃午饭了。”他说。

“没有午饭。”她说。

上校耸了耸肩。他设法堵上了院子围墙的破口，免得孩子们又跑进厨房里来。等他再回到过道，饭菜已经在桌上摆好了。

吃午饭时，上校看出妻子一直在强忍着不让自己哭出来，这教他颇为吃惊。他知道妻子生性倔强，而四十年的苦日子把她磨炼得更倔强了。就连儿子死的时候，她也没掉一滴眼泪。

他责怪地看着她的眼睛。只见她咬住嘴唇，用衣袖擦了擦眼睑，接着又吃起饭来。

“你太伤人心了。”她说。

上校没有说话。

“你任性，死脑筋，还伤人的心。”她又说了一遍，把刀叉交叉着往盘里一放，但随即又疑神疑鬼地把它们放正，“我啃了一辈子黄土，到头来还不如一只鸡。”

“这是两码事！”上校分辩道。

“一码事！”妻子反驳道，“我活不了多久了，这你早就知道。我得的不是小病，我是快入土的人了！”

上校吃完饭前没再说一句话。

“如果大夫能打保票，说卖了这只鸡你的哮喘病就能好，我马上就去卖了它，”最后他这样说，“但要是不能打保票，我就不卖。”

这天下午，他自己把鸡带到斗鸡场去了。回到家里时，他发现妻子好像又要犯病了。她在过道上走来走去，头发披在背后，双臂张开，使劲喘着气，肺里发出阵阵哨音。她在那里一直待到了天黑，然后不理会丈夫，径自上了床。

宵禁号响过之后，她还在叽里咕噜地做着晚祷。上校准备熄灯，她不让。

“我可不愿黑咕隆咚地死掉。”她说。

上校把灯放在了地上。他累极了，恨不得忘掉这一切，一口气睡上他四十四天，然后一觉醒来发现正好是一月二十号下午三点——斗鸡场里放鸡的时刻。但他知道妻子并没有睡，正盯着自己呢。

“还是老样子，”过了一会儿，她终于说话了，“咱们挨饿，却让别人吃得饱饱的。四十年了，一直是这样。”

上校默不作声，直到妻子停住话头问他醒着没，他才回答说醒着。妻子又说了下去，语气平静、流畅，但又无比强硬：

“除了咱们，谁都能从这只鸡身上赚到钱。只有咱们连一分一厘下注的钱也没有了。”

“鸡主有权抽百分之二十的赢头。”

“过去在大选中，人家让你拼死拼活卖力气的时候，你也有权给自己弄个差事，”妻子反驳道，“内战时你连命都豁出去了，所以也有权拿退伍金。现在大家都有安生日子过，可你却快要孤苦伶仃地饿死了。”

“谁说我孤苦伶仃了。”上校说。

他还想再解释几句，但睡魔征服了他。妻子一直哑着嗓子唠叨，过了很久才发现丈夫早就睡着了。于是她钻出蚊帐，在黑黢黢的堂屋里走来走去，嘴里还是唠叨个不停。天快亮的时候，上校叫了她一声。

她出现在卧室门口，奄奄一息的灯光自下而上地照在她身上，让她看上去活像个幽灵。进蚊帐前她先熄了灯，但还在嘀咕着什么。

“要不咱们这么办吧！”上校插了一句。

“咱们能办的只有一件事，就是把鸡卖掉。”妻子说。

“也可以卖钟嘛！”

“没人买。”

“明天我出去想想办法，看阿尔瓦罗肯不肯出四十比索。”

“他不会给你那么多钱。”

“那就卖那张画。”

再听见妻子的声音时，她已经又站在帐子外面了。上校从她的鼻息里闻到一股草药的气味。

“没人买。”

“等着瞧吧。”上校轻声轻气、语调平和地说，“现在快去睡觉，要是明天什么都卖不出去，再想别的办法。”

他竭力想睁开眼皮，可睡意终于压倒了他。他深深陷入了一种没有时空概念的状态中，妻子的话语此刻听上去完全变了样。但不一会儿，他又被摇醒了。

“你回答我的话呀！”

上校弄不清是在梦中还是醒后听见的这句话。天色已经发白了。窗口映入星期天的绿色晨曦。他觉得自己又发烧了，眼睛胀得发疼，费了好大劲儿才清醒过来。

“要是到头来什么也卖不出去，你还有什么办法？”妻子又问。

“那就该到一月二十号了，”上校说，已经睡意全消，“到那天下午，他们就会付给我们百分之二十的赢头。”

“那也得鸡斗赢吧，”妻子说，“可是它也许会输。难道你没想过它可能会输吗？”

“这只鸡不会输。”

“可如果输了呢？”

“还有四十五天才轮到考虑这件事情呢。”上校说。

妻子绝望了。

“那这些天我们吃什么？”她一把揪住上校的汗衫领子，使劲摇晃着。

“你说，吃什么？”

上校活了七十五岁——用他一生中分分秒秒积累起来的七十五岁——才到了这个关头。他自觉心灵清透，坦坦荡荡，什么事也难不住他。他说：

“吃屎。”

一九五七年一月，于巴黎

图书在版编目(CIP)数据

没有人给他写信的上校 / （哥伦）加西亚·马尔克斯著；陶玉平译. -- 2版. -- 海口：南海出版公司，2018.6（2025.12重印）
ISBN 978-7-5442-9244-3

Ⅰ. ①没… Ⅱ. ①加… ②陶… Ⅲ. ①长篇小说－哥伦比亚－现代 Ⅳ. ①I775.45

中国版本图书馆CIP数据核字(2018)第054219号

著作权合同登记号　图字：30-2012-057

没有人给他写信的上校
〔哥伦比亚〕加西亚·马尔克斯　著
陶玉平　译

出　　版　南海出版公司　(0898)66568511
　　　　　海口市海秀中路51号星华大厦五楼　　邮编 570206
发　　行　新经典发行有限公司
　　　　　电话(010)68423599　　邮箱 editor@readinglife.com
经　　销　新华书店

责任编辑　黄宁群
特邀编辑　第五婷婷
装帧设计　韩　笑
内文制作　田晓波

印　　刷　河北鹏润印刷有限公司
开　　本　850毫米×1092毫米　1/32
印　　张　3.75
字　　数　50千
版　　次　2013年5月第1版　2018年6月第2版
　　　　　2025年12月第29次印刷
书　　号　ISBN 978-7-5442-9244-3
定　　价　35.00元